KB089625

모아드림 | 21세기 | 기획시선 52

사라진 나라를 꿈꾸다

정상현 시집

2003
모아드림

사라진 나라를 꿈꾸다

■ 自序

또 시집을 묶으며 나는 내가 얼마나 무용한 인간인가를 뼈저리게 확인한다.

시는 아무래도 내게 취미도 기호도 될 수 없다.

그것은 내 불편한 몸에, 내가 혼신의 힘을 다해 달아주는 날개이며 나의 신앙이다.

내 힘든 날갯짓을 늘 안타깝게 바라보며 힘을 주시는 어머니와 승하 형님께 고마움을 전하며, 더욱 따뜻하고 맑은 시인으로 새로 일어설 것을 나에게 약속한다.

모교의 은사님들과 내 영혼의 둥지였던 중앙대 문예창작학과에도 고마움을 전한다. 문예창작학과가 중앙대 선도특성화사업 대상 학과로 선정되지 않았더라면 내 시집은 이번에 빛을 보지 못했을 것이다. 학교측에도 깊이 감사를 드린다.

시는 정말이지, 내 재활의 메신저임을 아는 사람은 모두 안다.

2003년 8월 25일

정 상 현

차 례

■ 自序

1부 | 가슴속에 파묻힌 것들

가슴속에 파묻힌 것들 · 17
공백 · 18
산은 자란다 · 19
그날 이후로 · 20
그대가 언제 내 가슴에서 무너질까 · 21
나의 유령에게 · 23
내가 나를 만났던 순간들 · 24
내막 · 25
당신의 여백이 · 26
뒷모습에게 · 27
뜬구름 · 28
미쳐버릴 것 같은 · 29
벙어리 바다 · 30
불꽃 · 31
벼랑 끝에 서서 · 32
소리 없이 사라지다 · 33
실명 · 34

암흑에서 · 35
어느 40대의 참회록 · 36
얼룩 · 37
우리가 서로 지옥이 되어 · 38
창 밖의 세상 · 39
한여름 밤의 꿈 · 40

2부 | 공백

공백 · 43
소나기 · 44
도사견 축사를 지나며 · 45
풀빵 · 47
배추밭에서 · 48
자기소개서 · 50
길 건너 저 별빛 · 51
피 1 · 52
피 2 · 53
고구마 · 55
지하철 日記 · 57
아버지를 말하다 · 59

아파트 · 60
누룽지 · 61
못박기 · 62
사라진 나라를 꿈꾸다 · 64
평면을 바라보다 · 65
평화 · 66
밤, 거리에서 · 67
벚꽃놀이 · 68
사실 · 69
소주병 · 70
아름다운 기계 · 71
어둠을 바라보다 · 72
아버지의 집 · 73
체중조절 · 74
조금씩 조금씩 · 75

3부 | 물 마시는 법

물 마시는 법 · 79
물소리를 바라보며 살기 · 80
노래 · 81
사슬 · 82
불빛 속에서 · 83
즐거운 투병기 · 84
젓가락 하나에도 귀신이 · 85
우리들의 슬픈 사랑 노래 · 86
틈 · 87
물, 곁에서 · 88
춤 · 89
느릿느릿 가다 · 90
정적 소묘 · 91
그날 저녁 · 92
내일 · 93
바다는 날아오르고 싶다 · 94
TV를 켜두고 · 95
아무것도 아닌 일로 · 96

■ 해설
가슴속에 파묻힌 '사라진 나라' / 차창룡 · 97

■ 발문
정상현의 정신은 광명의 세계에 있을 것이니 / 이승하 · 116

1부 | 가슴속에 파묻힌 것들

가슴속에 파묻힌 것들

반짝이는 별똥별도 아니야.
가슴 두근대는 추억도 아니야.
향기로운 꽃잎도 아니야.
전원이 뽑힌 컴퓨터.
아무래도 실현되지 않는 희망은 자꾸 어둠으로 물들고
그저 생각하면 윤곽만 떠오르는 얼굴들.
눈감으면 악몽처럼 떠오르는 기억들.
지워지지 않는 상처,
끝까지 혼자 책임져야 할 고독.
다 타버린 연탄재.
오래 앓은 병은 나와 함께 살아,
사랑도 가시처럼 가슴을 찌르고
아무리 묻어도 파묻지 못할 사랑 또는, 그리움.

공백

건드리지 마라.
모두 완성되었으니깐.
더 손을 대면 지고 마는 꽃잎처럼 피어있는 사랑이므로.
아무것도 남겨두지 않기.
가진 것 모두 버리기.
세상에서 가장 힘든 일이 공백으로 살아있는 일이지.

산은 자란다

산은 멈추지 않았다.
어금니를 깨물고 날마다 조금씩 자란다.
세상을 떠나왔으나 자기를 두고 오지 못한 까닭에
산이 가장 낮고 밝은 바닥에 무릎 꿇고 삼천 배 올리는 산의 마음.
참아야 산이 자란다.
오늘도 참을수록 산이 자란다.

그날 이후로

그날 이후로 난
집을 잃어버렸지.
돌아갈 집이 없으니 마음은
늘 어딘가를 헤매었지.
그날 이후로 난
생각이 말보다 더 많은 시간을 움직여 나는 무척 피곤하곤 했지.
그날 이후로 난
몸이 너무 편안한 날은 세상의 모든 것이 수상스러웠지.

그대가 언제 내 가슴에서 무너질까

1

여기 너무나 사실적인 현실이 있다.
현실도 너무 현실적이면 때론 끔찍하다.

2

밤에 시를 쓰려고 불을 켜니 눈앞에 하얗게 드러나는 것들.
책상 위에 컴퓨터와 받을 수만 있지 아무도 부를 수 없는 전화기.
추억도 더 이상 고장 난 시계로 내 가슴에서 멈춘 지 오래고
달력 하나 걸린 하얀 벽을 바라보니
누가 올 것처럼 고요한 깊은 밤의 정적을 열고
그대 언제 내 가슴에서 가난한 후진국의 권력처럼 와르르 무너질까.

3

그 시절 내가 알던 모든 방법을 전부 사용해도 문제는 쉽게 해결되지 않고
한번 벌어진 일은 후회해도 소용없었다.
열린 서랍. 누가 방금 벗어 놓은 신발. 보다가 던진 신문. 정리되지 않는 방에서

옛날 사진을 보다가 지나간 일은 절대 고칠 수 없고
외로움이 극에 이르면 그대를 내 가슴속에서 무너뜨리고
내가 먼저 그대 앞에 무너져 이 외로움으로 흔하기 짝이 없는 노래나 될까?

나의 유령에게

나는 믿는 것이 있다.
사람들이 나를 아무리 우습게 봐도
내가 그대를 믿고, 그대가 나를 믿듯
언젠가 내 나의 바보 같은 날개를 활짝 펴고
날아 오를 것을 나는 믿는다.

내가 나를 만났던 순간들

거기 내가 없었지.
불꽃이 뜨겁던 날.
오래 참았던 울음이 함성으로 메아리치던 골목들.
무심히 바라보는 현실의 빛 바랜 벽.
끝끝내 나를 떠나가던 너의 기억
몹쓸 꿈처럼 나를 맴돌고
고개 들어 지워도 지워도 자꾸만 따라오는 그림자.
자세히 보면 헛것인데 내가 나를 본 것뿐이지.

내막

누구나 숨겨둔 세월이 있는 거야.
때로 그 세월의 핏자국과 열기가
그의 눈을 적시고 길을 막지만
그냥 내버려둘 일이지.

당신의 여백이

손 내밀면 지척인데
난 오늘 이만
당신을 놓쳐 버렸습니다.
이제는 영영 닿지 못할 거리고 떠난
당신을 위해 세상이 준비한 여백이
나는 오늘 너무 낯설고 어색해서
당신의 여백이 태연히 지워져 갈,
이 세상이 문득 무섭다.

뒷모습에게

나는 이제야 너의 음성이 들리는구나.

떠나라, 가도 아주 멀리 가다오.

이미 내 곁을 지나가버린 날들이 내가 놓쳐버린 그 순간들.

생각하면 생각할수록 아프고 아름답다는 사실을 이제 알겠네.

뜬구름

참 푸르고 맑은 어느 날이었지.
오늘도 아파트 주차장엔 승용차로 가득하고
할 일없는 옆집 여자는 또 그림자처럼 개를 끌고 산책을 나왔지.
내가 산책을 하는 시간에 그놈도 늘 산책을 하는지
요즘 들어 매일 만난다.
푸르고 맑은 하늘 아래 산책 나온 강아지 한 마리가
벌써 몇 년째 아무 할 일없는 나를 향해 컹컹 짖는다.

미쳐버릴 것 같은

나는 어제 일을 생생히 기억한다.
나는 군대적 내 군번을 아직도 기억하고 있다.
나는 눈감고도 집으로 잘 찾아간다.
정말 단 하루만 미쳐버렸으면 좋겠어.
멀쩡한 정신으로 저 캄캄한 어둠 속을 걸어 어떻게 여기까지.

벙어리 바다

말을 모두 버리고 나면 편안해질까?
함께 부서져 버리면 사랑할 수 있을까?
오랜 기다림 끝에는 정말 아침이 오는 걸까?

불꽃

내 나이 사십이 되도록 진정 어둠 속에서
티끌 하나라도 환히 밝혀 본 적이 없으니
오늘도 타오르는 불꽃을 보면
아무 할 말 없이 빈주먹만 뜨겁구나.

벼랑 끝에 서서

피지 못한 꽃들의 흔들림이 여기서 멈추었다.
타오르는 가슴들의 열기가 불현듯
모든 것을 버리고 싶어지는 곳.
그곳에서 나는 너에게 할말이 없구나.

소리 없이 사라지다

저무는 가을 숲에서 보았지.
여름내 햇살 아래 푸르게 제 몸 불사르더니
입추 지나 찬바람 불자 저무는 노을과 함께 깊어지며
소리 없이 가을로 가라앉는 나뭇잎들.

실명

그때부터 나는 너를 알아볼 수가 없었다.
그때부터 차츰 세상은 나의 것이 아니었다.
그때부터 내 방에는 달빛이 뿌옇게 비추었다.
그 달빛에선 너에게 편지 한 통 띄울 수 없었다.

암흑에서

아무도 이런 곳에 있어 본 일은 없겠지.
무슨 말이 들렸던 것도 같고 어떤 빛, 지나간 것도 같지.
얼마나 시간이 흘렀는지도 모르겠다.

어느 40대의 참회록

왜 그때 다른 길을 보지 않았던가.
왜 그 시절 그 외로움을 그냥 지나쳐왔을까.
왜 그날 그 아우성 속에서 가슴만 쓸어내리고 있었을까.
그 시절 그 침묵에 대해 아무 말도 못했던가.
조금만 더 기다리면 될 텐데 너무 성급했다.
지나온 길을 왜 자꾸 뒤돌아봤는가.

얼룩

너도 모르고 나도 모르지.
그 시절 우리를 함께 휩쓸며 간 바람이
어떤 아픔으로 남아서
어느 쓸쓸한 그늘을 드리우고 있는지.

우리가 서로 지옥이 되어

우리 사랑이 무르익어 서로의 가장 아프고
쓸쓸한 언덕에서 만나 서로를 괴롭히며
한평생 그리워하며 살다가 끝끝내 서로 지옥이 되어
꽃잎을 환하게 피우네.

창 밖의 세상

지금 내방 창문밖에 달이 떴는지 별이 떴는지 알 수 없지만 궁금하지도 않아.

오늘도 거리에는 차들이 밀리고 우리들은 도무지 쉴 틈이 없어.

우리들 욕심은 끝이 없어서 자주 우리들의 갈 길을 막고

누구의 것도 아닌 창문 밖 세상에 사실 아무도 관심이 없다.

한여름 밤의 꿈

삼복 지나 여름밤은 더욱 짧고 무더워서
실패한 자의 별은 아무 이유 없이 총총해서
마음을 더 허망하게 하네.

2부 | 공복

공복

세상은 우리에게 참는 법을 먼저 가르쳤지.
참. 으. 라.
고픈 배 움켜쥐고 헤매던 실직의 거리.
그 가난과 허기 속에서 서로 익숙해지며 바라보던 서로의 맑은 눈빛.

소나기

여름 장마철, 거침없이 쏟아지는 소나기

세상을 한꺼번에 뒤집어 놓을 기세로
퍼붓는 이 소나기 어디로부터 오는가
와서 이 소나기 다만 소나기가 아니라
우리들 가슴을 난타하는,
채찍 쳐 오는 아우성으로 오는가

들어보면 이 소나기 작년의 소나기가 아니다
들어보면 이 소나기 올해는 기어이 이 거리
구석구석 뒤흔들어놓은 기세로 퍼붓는다 억수같이
사나운 물벼락같이 머리 풀고
마구 알몸 채로 치닫고픈 이 소나기

모든 거리가 지금 이 빗발 속에 있다 사무치고
응어리진 모든 먹구름이 무리져, 이 빗발로 온다 오고 있다

작년 재작년 억눌린 수백 수천의 먹구름으로
태풍으로 올 여름, 이 악문, 천둥 같은 소나기

도사견 축사를 지나며

집에 가는 길목에 도사견 축사가 있다.
야생의 들개 같은 주둥이며
송아지 새끼 만한 몸집이
보기만 해도 기가 질리는 도사견들이
철조망 울타리 곁을 지날 때마다
금방이라도 뛰쳐나올 듯 으르렁거렸다.
그때마다 오금이 저려오는 나는
놈들을 바로 응시하지도 못하고
슬슬 눈치보며 지나쳐가고……

언제부턴가
그 도사견들이 겁먹은
내 심장 속으로 불쑥불쑥 고개를 들이밀곤 했다.
내 목덜미를 사납게 물어뜯기라도 할 것처럼
부들거리는 놈들의 주둥이를 보며
때론 나에게도 가슴 저 밑바닥으로부터
두근두근 일어서는 것들이…….

오뉴월 불볕 아래 후덥지근한 날.
축사 옆 개똥무더기에서 냄새가 지독하고

파리가 윙윙거리는 축사 여기저기
먹다 남은 밥그릇 옆에서 거적처럼
축축 늘어진 도사견들. 알고 보니
놈들은 복날의 보신탕감으로 팔려가기 위해
그 사나움이 거세된 채 사육된다 한다.

자기들의 운명을 다 눈치 채고 있는 걸까?
지나가는 기척에도 놈들은 으르렁거리지도
노려보지도 않고 엎어져 있고
그저 똥개 마냥 되야지새끼 마냥
개 팔자로 늘어져 있는 도사견 축사를 지나며
나는 이제 주먹만한 짱돌을 하나씩 집어든다.
놈들이 잠든 골통을 겨냥하여
돌을 던진다. 세차게,
세차게 던진다.

풀빵

버스정류장 풀빵 굽는 그 아줌마.
안 해본 일이 없으셨다고 했지.
작년엔 겨우내 호떡을 구워 팔았고.
또 그 전에는 길 건너 고층아파트에서
청소도 하셨다고 했지.
공사장에서 막일도 했다며
불 앞에서 풀빵을 구워 파는 지금은
그중 호강이라며 집으로 돌아갈
차비도 안 되는 풀빵과 함께 밤늦도록
까맣게 타는 그 아줌마의 마음은
카바이드 불빛보다 더 환하다.

배추밭에서

배추밭에 가서 보았다.

배추들은 배추밭에 앉아
배춧잎이나 세고 있었던 것이 아니었다.
짚세기에 묶여
옴짝달싹 못하고
백지처럼 가는 세월이나 바라보고 있었던 것이 아니었다.

제 살 붙인 자리에서
한 주먹의 흙이라도 알뜰하게 움켜쥐고
배추들은 이 악물고 자라나고 있었다.
밭머리를 치고 가는 바람에도
뺨따귀를 후리고 가는 빗줄기에도
배추들은 끄떡없이
저희끼리 알차게 자라나고 있었다.

누가 와서 오물을 끼얹고
머리통을 차고 가고
아픈 몸은 아픈 몸으로 감싸고
시린 가슴은 쓰라린 가슴으로 보듬고

배추답게 속이 든든한 배추포기여
품에 안으면
문득 내 허름한 가슴까지
푸짐하게 채우는 배추포기여

배추밭에 가서 알았다.
배추들은 다만 배추밭에 주저앉아
배추머리나 흔들고 있지 않았다.
더운 숨결 토하며
청청하게 아우성치며
배추밭 가득
배추들이 연좌하고 있었다.

자기소개서

나는 모르겠다.
내가 누군지.
가진 것도 없고 하는 일도 없고
세상에 나와 제 몸 뉘일 방 한 칸 마련 못한
오늘도 죄인인 되는 나는,
그대들에게 그저 익명이고 싶다.

길 건너 저 별빛

밤늦게 잠 못 이룬 저 별빛.
알고 보면 모두 이웃 사람들이지.
늘 전철역에서 붐비던 사람들
엊그제 반상회에서 본 얼굴.
창 밖의 고층아파트 불빛이 별빛보다 빛나는 밤.
키 큰 옆집 총각은 군인이라지.
옆집 학생은 올해 재수를 한다지.
멋진 저 아가씨는 운동선수고
저기 뚱뚱한 저 아줌마는 쌀집 주인이고
저기 조깅하는 저 노인은 옛날에 선생님이었다고 그랬지.
저들이 모두 별빛으로 환한 새벽
고층아파트가 생생하다.

피 1

과도로 사과를 깎다가 피를 본다

내게도 피가 있었구나
썩은 사과 같은 내게도
붉고 따순 피가 흐르고 있었구나

부끄러움이란 무엇인가 이 피에 대하여
피보다 진한 지금 이곳에서의 생생한 목숨에 대하여
너 그 동안 너무 무사했다고
문득 섬뜩하게 번뜩이는 칼날 앞에서

피를 본다 사과를 깎다가
겨우 과도로 사과를 깎다가

부끄러움이여 다만 목숨이
한 알의 매끈한 사과를 구하는
이 피가 무엇인가 목숨에 대하여
이 피가 무엇이어야 하는가

피 2

어릴 적 내 무르팍은 도무지 성한 날이 없었다
집 앞마당에 있는 돌부리란 돌부리엔 모두 걸려 넘어졌다.
처음에는 생채기에 어린 발간 빛만 봐도 울음부터 터뜨렸으나
차츰 혼자서도 빨간 약을 찾아 묻혀주곤 했다.

그 후로도 내게 상처는 그치지 않았다.
막내 삼촌이 교통사고로 쓰러지고
내 친구가 어느 후미진 골짝에서
피투성이가 되어 발견되었다.
더는 세상을 견딜 수가 없어
내가 아는 어떤 사내는 칼로 자기
배를 그었다.

피, 붉은 피가 흐른다는 건 얼마나 두려운 일인가
어느 날은 언덕에 흐드러진 꽃잎들이 모두 상처로 보이고
내 아름답다고 알고 있는 것들이 불현듯
제 찢긴 가슴팍을 열어 보일 때도 있었다.
방금 인사를 나누고 헤어진 내 동료가
어쩌면 밤사이에 피범벅이 될지도 모르고……

아침 신문에서 다시 누군가의 깨진 무르팍을 보고 있다.
부서진 만신창이를 보고 있다. 살아가기 위해
몸부림치던 자리에서 쓰러진 뜨거운 핏자국을 보고 있다.
울음도 없이, 이처럼 태연하게
밥을 먹으며, 밥상머리에 앉아
뜨건 국물을 훌쩍이며.

고구마

우리 동네 골목시장 한 귀퉁이
달랑무며 쪽파를 내다 팔던 아주머니
오늘은 좌판 위에 고구마를 수북히 쌓아놓고
고구마 사려 밤고구마 사려 외친다
밭에서 막 캐온 듯
흙 냄새 먹음직스런 고구마
얼마냐고 물었더니
대답보다 덥석덥석 봉지에 집어 담는
그 아주머니 또한
고구마만큼이나 울퉁불퉁 살아온 듯싶다

내가 아는 친구도 한때 고구마장사를 했었다
그해 유난히 춥던 겨울, 녀석은
군고구마와 함께 그슬리며 기어이 엄동을 버텼다
봄과 여름에는 채소며 복숭아를 팔기도 하고
때로 벽돌을 져 나르는 공사장 막일도 했었다

고구마. 우리는 언제 한번
알토란 같은 고구마를 캐어볼 수 있을까
거스름돈을 내어주며

아주머니는 고구마처럼 웃는다
고구마. 구워먹고 튀겨먹고
줄기까지 다 벗겨 밥상 위에 올려놓는
고구마. 내 친구는
또 어느 모진 밭에서 고구마 줄기를 틔워내고 있을까

우리 동네 골목시장 한 귀퉁이
좌판 위에 고구마를 울퉁불퉁 쌓아놓고
고구마를 팔고 있는 아주머니
고구마 사려 맛좋은 고구마 사려
외침소리 고구마처럼
내 가슴을 들이받는다.

지하철 日記

—틈

아침저녁으로 지하철을 타고 강을 건넌다.
서울의 한 귀퉁이에서
한 칸 방을 차지하고 살아가기 위해선
누구나 이 열차에 몸을 밀어 넣어야 한다.
발 디딜 틈도 없이 사람들이 북적거리고
숨을 내쉬기도 어려운 공간에서 익숙하게 자리를 확보하고
日刊紙를 펴드는 이웃들.
제 틈을 만들기 위해선 남의 틈이 좁혀져야 한다는 사실에
눈살을 찌푸리거나 오래 마음 짠해 할 이유도 없다.
그 사이에 열차는 빠르게 터널 속으로 빨려들고
얼마나 많은 사람들이 밀려가고 밀려오는지
우리는 매일 겪어오지 않았는가.
구겨진 어깨들 사이로 밥그릇만하게 내다보이는 江물.
이렇게라도 한구석을 차지한 채 살아가지 못한다면
우리는 벌써 언제 어디서 쓰러지고
뿌리째 뽑혀나갔을지 모른다.
벼랑 끝까지 밀려나간 목숨들.
허리를 잔뜩 졸라매고 얼마나 많은 사람들이 아등바등
이 비좁은 틈을 향하여 살아가는가 아득바득
어떤 이는 갈비뼈가 부러진 채,

어떤 이는 내장까지 다 게워내고서야 비좁게 들어서지만
도무지 성한 몸으로는 들어설 수 없는 틈.
들어설 틈 없어도 마음껏 기웃거릴 수는 있는 서울.
백화점 지하 입구 속으로 무한정 빨려 들어가는 사람들.
나는 오늘도 정겨운 이웃들이 있는 지하철에
몸을 싣는다. 지하철에서 마음을 씻는다.

아버지를 말하다

해방 전,
가난한 전라도 땅에서 나서
6 · 25 때 난데없이 국군 용병으로 징집되었던 아버지.
개발독재의 광풍이 몰아치던 70년대
흙먼지 날리던 서울 강남에서 삼남매 교육시키느라
온갖 공사장 주변을 헤매시며 닳아지던 세월.
해가 갈수록 아이들은 자라고.
더 늙기 전에 사우디라도 한번 갔다와야 한다며.
아버지는 떠나고.
철없는 우리들은 막막한 세월의 문 밖을
막 빠져나오고 있었다.

아파트

한때, 우리 모두의 꿈이던 아파트.
산을 허물고 들판을 가로질러
아파트가 가지 못하는 곳은 없다.
밤새 비바람 불고 눈보라 쳐도
늙은 경비원을 24시간 경계근무 세워두고
납골당처럼 불 밝힌 아파트

누룽지

배고픈 날 누룽지 한 조각 먹어보아라.
밥 짓다 태웠다고 푸념할 일이 아님을
꼭꼭 오래 씹어 본 사람은 그 맛을 알리라.
인생도 씹을수록 맛이 나는 누룽지처럼
더 타고 속이 타야 멋도 알고 맛도 알까?

못박기

벽에 못이 박혀 있다
산다는 것은 온통 벽이 있다
벽에 박힌 못마다
달력이나 옷가지 같은 것이 걸려 있다

벽에 목이 박혀 있다
거기 그럴듯한 액자가 걸려
박힌 못이 보이지 않는다
보이지 않아도
아픔 없이
벽에 박힌 못은 없다

가슴에 못이 박히듯
벽에 박힌 못.
제 손가락을 찧던
얼마나 많은 날들이 못으로 박혀야
삶은 단단해지는가

여기저기
벽에 못이 박혀 있다

삶이란 온통 못이 박힌 벽이었다
벽에 박힌 못마다
거기 걸린 옷가지를 떼어내고 보라
언젠가 망치로 두드려
박혀 있는 아픔이 단단하다.

사라진 나라를 꿈꾸다

늘 허름한 옷을 입고 서성이던 골목.

구슬치기며 망까기, 자치기, 딱지치기.

초등학교를 졸업하도록 해가 저물어 모두 집으로 돌아갈 때까지 뛰놀던 마당.

날마다 만국기처럼 빨래가 펄럭이던 거기서 온종일 문이 열려 너나들이하던

우리들 마음은 된장찌개 하나 연탄 한 장이면 봄이 올 때까지 충분했다.

그 따습던 아랫목에 마주앉아 가난해서 더 어여쁜 얼굴.

봄볕은 화사한데 갈 데 없어 서성이던 그림자들, 다시 돌아올 것만 같은.

평면을 바라보다

아침부터 내리는 눈이 하루종일 내린다.
눈은 순식간에 도로를 지우고
앞서가는 사람의 모습을 지우고
내 형태마저 지운다.
눈에 덮여 흰색이 된 거리.
옛사랑의 아픔도 비닐봉지에 담겨 팔리는
버스정류장 붕어빵 굽는 노점상의
저녁길이 더욱 캄캄하다.

평화

밤새 소나기가 퍼붓는 날
아파트 화장실 변기에 앉아서
빗소리를 듣는다.
비는 그칠 줄을 모르고
천둥소리 바람소리 사나워도
나는 변기에 앉아 편안하다.

밤, 거리에서

무서운 것은 어둠이 아니라
저 휘황찬란한 불빛의 숲이다.

시궁창 같은 더러운 습지 주변에 무성한
가시 돋친 잡풀 무더기를 들추면
하루살이, 모기, 파리, 죽은 쥐의 살을 파먹고 있는
구더기 같은 것들이 우글거린다.
어쩌다 발목에 감기면 여지없이 살갗을 할퀴어대는
그 놈의 잡풀넝쿨을 낫으로 쳐내도 이내
저희끼리 몸을 꼬며 한철을 이루고

징그러운 풀.
그것이 여느 풀잎처럼 푸른빛을 띄고 있다는 게
더욱 기분 나쁜
으, 저 징그러운 불빛들.

무서운 것은 불빛들이 아니라
불빛이 키우는 저 어둠의 눈들이다.
불빛에 갇혀,
불빛 아닌 아무 것도 바라보지 못하는
불빛 속의 저 텅 빈 눈빛들이다.

벚꽃놀이

저 화사한 꽃 그늘 아래로 가면 만날 수 있을까.
없다. 우리가 기다리던 봄은,
그렇게 요란하게 오지 않는다.
저 허황한 꽃빛 속에는
우리들 창가의 봄이 피어나지 않는다.
우리들이 가슴 두근대며 기다리던 봄은
저렇게 뜬구름처럼 오지 않는다.

사실

전원을 꽂으면 작동하는 기계가 있다.
기계는 정확하다.
나보다 빠르게 나를 계산한다.
어디까지 가야 끝나는지 알고 간다.
모든 것이 이미 결정되어 있다.
적과 동지가 불분명하다.
흑과 백이 뚜렷하다.
중간이 없다.

소주병

찌개 하나 안주로 올려둔 탁자 위에
다 비운 소주병을 보라

때로 그 소주병이 자기를 넘어서
우리에게 오는 순간이 있다
무엇을 향하여 겁도 없이
타오르는 순간이 있다

단 한 방울의 소주에 대해서도
철저히 주관적인 우리에게
그러나 거짓을 용납할 틈도 없이
뜨겁게 우리를 부수는 소주병

다만 빈 병이 아니다
자기를 넘어선
자기들의 진실로부터
불현듯 자기를 불사르고
또는 교문 밖 치솟는 화염병처럼.

아름다운 기계

처음에는 어둠을 밝혀주고 몸을 덥히더니
차츰 우리에게 빵을 주고 편리한 집을 주네.
이제 우리가 가진 모든 것을 빼앗아
우리는 빈털터리가 되었지.
이제 기계는 더 이상 우리에게 아무것도 주지 않네.

어둠을 바라보다

해 저물어 어둠이 왔다고 눕거나 엎드리지 말고
두 눈 동그랗게 뜨고 어둠을 바라보아라.
어둠 속이라고 길이 없는 것은 아니다.
어둠 속에서도 내 마음에 불을 켜고 보면
이미 아침이 시작되고 있음을 볼 수 있다.

아버지의 집

아버지는 오늘 중에 돌아오실 것이다
해가 지기 전에 대문을 두드리실 것이다
우리들을 불러 앉히고 자상하게 이야기를 하실 것이다
곁에서 오랜만에 미소를 지으신 어머님의 손을 잡으시며
당신 참 고생이 많았어 이젠 돌아왔으니 마음을
풀구려. 아버지는 우리들의 등을 다독이며 말씀하실 게다.
이젠 너희들도 이 아버지를 믿어라. 믿고 열심히 공부만
하거라. 너희들한테 내 못할 일 했구나. 아들아
너의 얘기도 한번 들어보자꾸나 애비도 가슴을 다
열었으니 그러면서 아버지는 어깨를 펴고 가슴을
열어 보이실 게다. 반쪽을 허물어 내린 산등성이
찢긴 천막으로 겨우 바람을 막고 문고리를
필사적으로 붙잡고 몸부림치며
아버지. 쇠사슬로 몸을 칭칭 동여매고
죽어도 빼앗길 수 없는 아버지의 집
봄이 오기 전에 아버지는 그 움막 속에
누워 또 몸이 아프고 머리맡에 앉아
아버지의 식은 바닥을 다듬으며
우리들은

체중조절

먼저 체중조절이 필요하지.
그래야 자네를 제대로 볼 수 있으니깐.
보다 아름답고 건강해지기 위해
지금은 모두가 체중조절을 하지.

더 이상 체중조절이 필요없는 저들에게
누가 위험한 체중조절을 강요하는가.

조금씩 조금씩

세상이 어두워지고 있다.
탑이 무너지고 있다.
내 손톱이 자라듯.
조금씩 조금씩 밤안개가 내려오듯.
나는 그렇게 죽어가고 있지만.
어느새 바깥이 점점 밝아오고 있다.

3부 | 물 마시는 법

물 마시는 법

내 타는 갈증 앞에 빈 컵 하나 놓고
아무 생각도 없을 때까지
오랫동안 목말라하자.
목마름이 속을 태울 때까지.

물소리를 바라보며 살기

나 어릴 적 우리 마을에는 아주 맑은 시냇물이 하나 흐르고 있었지.

여름에는 소쿠리로 송사리 떼 잡기에 바쁘고

겨울에는 판자로 만든 썰매를 봄이 오도록 탔지.

학교 선생님의 말씀이나 물소리에서 배운 것이나 마찬가지였지.

세상을 그냥 흘러가며 살아가는 법을 가르쳐주는

시냇물 소리의 가르침을 나는 보고 자랐지.

물이 물의 손을 잡아주고, 물이 서로를 밀어주고, 서로를 껴안은

그 마음 곁에서 우리는 자랐지.

아름다움은 저 물에게 배운다.

물이 옷을 벗는 소리, 물이 함께 가는 소리.

지금은 흔적도 없는 물소리를 바라보며 살던

그 기억이 더욱 갈증만 깊어지게 하네.

노래

오래 잊혀졌던 노래.
죽어도 잊을 수 없는 노래.
앞집 뒷집 지나가는 사람 모두 함께 부르는 노래.
시작과 끝이 불분명한 노래.
전염병 같은 노래.
내 평생 걸려도 완성하고 싶은 노래.
언제나 불러도 처음 같은 노래.

사슬

나를 묶어다오.
나는 너무 자유롭다.
아무래도 불안하다.
정말 나를 묶는 것은
그들의 무서운 구속이 아니고
나를 묶는 것은
내 자신의 사슬이야.

불빛 속에서

도시의 환한 불빛 속에서 나는 어둠을 보지만
사람은 도시로 흐르고 오늘도 더는 갈 길이 없어서
불빛이 없다면 아무것도 아닌 우리들은 모두 서로에게 낯설다.
불빛 속에서 진정 생명을 얻어 활짝 피어나
불빛 속에서 가진 것 하나 없이 서울 하늘 아래서
온갖 설움 다 겪고 이제 겨우 두 다리 뻗고
오늘 바라보는 불빛 속의 아픈 기억은
흉터가 아니라 찬란한 꽃이지만.
불빛 속의 저 움직임들을 보라.
자기가 곧 그늘이면서 큰 나무일수록
불빛 속에서 더 높고 꿋꿋하지만.
환한 불빛 아래 나는 빈털터리가 되어 거리를 서성이네.

즐거운 투병기

오늘도 내 병상에는 고독한 나 자신과 낡고 단단한 내 지팡이 외에는 아무도 없네.

날 반겨 찾는 이 하나 없어도 나는 이제 외롭지 않지.

오래 견딘 부상당한 육체의 아픔이 비로소 아주 익숙하게

언젠가는 느린 걸음으로 먼 길을 갈 거야.

젓가락 하나에도 귀신이

살아갈수록 밤길이 더 무서운 것은 왜일까?
정신이 또렷한 날이면 더 잘 보이지.
무엇 하나 버릴 게 없네.
저기 그가 아직도 있는 것 같아.
돌아보면 자꾸 그립구나.
돌아보면 무엇 하나 버릴 것이 없는 세상.
그런 곳에서 오늘 우리가 서로 만나서 오래도록
식은 밥을 먹으며 배가 고픈 세월 지내던 기억이 있지.
그 허기 속에서는 모든 것이 자주 생생하네.

우리들의 슬픈 사랑 노래

네가 나를 안타까워하고 측은해하는
그 마음을 나는 알지.
그러나 서로를 바라볼 뿐
서로 어찌할 길 없는 마음도
서로는 알고 있지.

틈

그럴 줄 알았다.
너는 또 버릇처럼 틈을 찾는구나.
아주 익숙하게 틈을 오가는 놈들.
그 틈이 함정인 줄 모르고 틈이 이끄는 대로 잘도 간다.

물, 곁에서

내게도 거짓말 같은 기억으로 전해질 추억이 하나 있네.
해마다 오뉴월이면 물이 넘치고
엄동이면 벙어리처럼 얼어붙는 강을 사이에 두고
동전 몇닢 내고 통통배로 건너던
강 이쪽과 저쪽에서 마주보던 가난한 사람들의 세상.
내 다 크도록 아무 주는 것 없이 지금까지도 유유히 흐르는 강.
이제는 지도에도 마음속에서도 완전히 실종된 물결.

춤

찬란한 한 순간을 위한 오랜 자기의 지옥.
시작도 끝도 알 수 없이 한없는 막막함 속을
조심스럽게 내딛는 발걸음.
조심해라.
바로 옆이 천 길 낭떠러지다.
끝까지 바짝 긴장해라.

느릿느릿 가다

끝이 보이지 않는다.
앞서 간 이들의 모습이 안 보이고 찬바람 부는 겨울밤이
다 돌이킬 수 없는 세월 지나서 가는 거야.
살아있는 너는 늦지 않았다.
끝이 없다.
살아있는 정신이 있는 한 길은 멀지 않다.
너는 자꾸 불안하고 넘어지지만 절망도 너의 속도이다.

정적 소묘
— 목련을 바라보며

어둠 속에서 별빛이
싱싱하게 빛나며 새벽이 온다.
그런 새벽엔 밤을 세운 목련이
정갈한 속옷까지 모두 벗어놓고 무엇 하러 갔는지.

그날 저녁

해가 저물고 불빛들이 어지럽게 반짝이고 그들은 또 만났다
그날 저녁도 뉴스의 진행자는 바뀌지 않았다
그날 저녁도 후진국의 밤은 불안하고
우리가 기르는 개는 밥을 먹고 평소처럼 잠이 들었다
그날 저녁 그들은 처음 서로의 속으로 들어가서
사랑이 얼마나 동물적인 것인가를 확인했다
소나기가 내리는지 거리는 뒷모습처럼 고요했다
그날 저녁도 시내는 교통이 복잡하고
어디까지 가야 줄밖으로 나갈 수 있는지
제일 뒤에 서서 울음도 웃음도 아닌 그런 얼굴로
너에게 바로 오늘 저녁의 어둠은 오늘 사랑하자고 했다.

내일

알 수 없지.
생각하면 손에 잡힐 듯한 거리에서 눈짓하면 사람인데
마음먹은 대로 할 수 없는 고통을 가슴에 묻으며
바라보면 몸짓뿐인 세상.

바다는 날아오르고 싶다

하루도 잠들지 못하는 바다.
바다는 날아오르고 싶다.
망망대해 위로 물새들 날아가네.
끝 모를 바다 한 귀퉁이 섬 하나 떠 있네.
그 섬에 물새들 철마다 와서 머물다 가네.
그때부터 섬은 바다의 중심으로 태어난다.
오래 참고 기다린 아침.
잔잔하지만 폭풍같이 파도치는 바다는
문득, 문득, 날아오르고 싶다.

TV를 켜두고

TV를 켜두고 밥을 먹는다.
TV를 켜두고 그녀와 사랑을 나눈다.
TV를 켜두고 꿈을 이야기한다.
TV를 켜두고 인생을 계획한다.
TV를 켜두고 TV처럼 하루를 보낸다.
TV를 켜두고 농담으로 저녁 한때를 즐긴다.

아무것도 아닌 일로

아무것도 아닌 일로 자꾸 불안해지고 우울해지곤 한다.
아무것도 아닌 일로 바람이 불고 꽃잎이 떨어지듯
자주 몸이 아프고 피로해지면서
사는 일이 아무것도 아닌 일로 지루해진다.
정말 아무것도 아닌 일로 인생이 때론 너무 쓸쓸해진다.
가끔은 아무것도 아닌 일로 풍선처럼 떠오르고 싶다.

■ 해설

가슴속에 파묻힌 '사라진 나라'

차창룡
(시인, 문학평론가)

1

반짝이는 별똥별도 아니야
가슴 두근대는 추억도 아니야
향기로운 꽃잎도 아니야
전원이 뽑힌 컴퓨터
아무래도 실현되지 않는 희망은 자꾸 어둠으로 물들고
그저 생각하면 윤곽만 떠오르는 얼굴들
눈감으면 악몽처럼 떠오르는 기억들
지워지지 않는 상처
끝까지 혼자 책임져야 할 고독

다 타버린 연탄재

오래 앓은 병은 나와 함께 살아

사랑도 가시처럼 가슴을 찌르고

아무리 묻어도 파묻지 못할 사랑 또는, 그리움

—「가슴속에 파묻힌 것들」 전문

정상현의 시는 '가슴속에 파묻힌 것들' 로부터 시작한다. 그것들은 '그저 생각하면 윤곽만 떠오르는 얼굴들' 과 '눈감으면 악몽처럼 떠오르는 기억들', '지워지지 않는 상처', '끝까지 혼자 책임져야 할 고독', '다 타버린 연탄재', '오래 앓은 병' 등이다. 그것들은 반짝이는 '별똥별' 이 아니고 가슴 두근대는 '추억' 도 아니고 향기로운 '꽃잎' 도 아닌 '전원이 뽑힌 컴퓨터' 일 뿐이다. '별똥별' '추억' '꽃잎' '희망' 은 긍정적인 것이고, '전원이 뽑힌 컴퓨터' '어둠' '악몽' '상처' '고독' '연탄재' '병' 은 부정적인 것이다. 이 시의 화자는 그러면 온통 부정적인 것들만 안고 사는 셈이다. 부정적인 것과 긍정적인 것 사이에 또 한 가지가 더 있다. 그것은 '사랑' 또는 '그리움' 이다. 화자는 사랑을 가슴속에 묻고 싶어하지만, 그러나 아무리 묻어도 파묻지 못하리라 예감하고 있다. 사랑이 "가시처럼 가슴을 찌르"기 때문이다. 사랑이 가슴을 찌르는 이유는 사실 화자가 사랑을 버리지 못하고 있기 때문이다. 석가모니도 "사랑하는 사람을 만들지 말라/미워하는 사람도 만들지 말라/사랑하는 사람은 만나지 못해서 괴롭고/미워하는 사람은 만나서 괴롭다"(법구경)라고 했다. 화자에게 사랑이 없다면 사랑이 가슴을 찌르는 일도 없다는 것이다. 정상현의 시는 이러한 '역설' 속에 있다. 이러한 역설은 첫 시집 「마음의 지옥에서 피우는 꽃」(함께, 2000)에서도 발휘되었다.

첫 시집의 시 「믿음을 버리다」는 "겨울이 지나면 반드시 봄이 올 거라는 믿음을 버리자"라고 말한다. 그 믿음이 우리를 겨울 속에 붙잡아 두었다는 것이다. "어둠 뒤에는 반드시 눈부신 아침이 올 거라는 믿음도 버리자"라고 주장한다. "지푸라기 같은 믿음을 놓아버리고 나면/보다 확실한 어둠 속에 서서 동녘을 바라볼지도 모른다"는 것이다. 믿음을 버린다는 것은 무엇을 의미할까? 이 믿음은 곧 '기다림'이 아닐까? 봄이 온다는 믿음이 없다면 봄을 기다리지도 않을 터, 기다리면 너무도 천천히 오던 봄이 기다리지 않으면 어느새 우리 발밑에 와 있는 경우가 있지 않은가. 그런데 시인이 궁극적으로 하고 싶은 말은 "사랑이 새로운 생명을 만들어줄 거라는 믿음도 버리자./사랑은 그저 한낮의 가랑비처럼 나를 적시고 갈 뿐 내 가슴의 외로움을 무너뜨리지는 못한다"라는 것이다. 시인의 말은 지당하다. 그러나 이 말을 왜 강조하는 것인가? 그것은 시인이 사랑에 그만큼 집착하고 있다는 것을 뜻한다. 사랑에 집착하고 있기 때문에 사랑이 "한낮의 가랑비처럼 나를 적시고 갈 뿐"이라고 말하는 것이다. 집착하지 않았다면 같은 사랑이라도 한여름의 소나기처럼 시원했다고 할 수도 있지 않겠는가? 이처럼 정상현은 역설 또는 아이러니를 통해 자신의 생각을 자연스럽게 강조하고 있다.

아이러니는 위장 또는 은폐를 뜻하는 고대 그리스어 에이로네이아(eironeia)를 어원으로 하고 있다. 옛날 에이론(eiron)이라는 사람과 알라존(alazon)이라는 사람이 있었다. 알라존은 힘이 세고 거만하지만 지적으로는 우둔하다. 반대로 에이론은 약하지만 영리하다. 그래서 표면적으로 볼 때는 알라존이 에이론을 이길 것 같지만, 결국에는 약자 에이론이 승리를 거둔다. 에이론은 약한 척하면서 우둔한 강자 알라존의 허점을 찔러 필경 그를 거꾸러뜨리고 만다. 에이론이 최후의 승리를 거두기까지 지는 척하고 있었던 태도는 위장이라 할 수 있다. 시에 있어서의 아이러니도 이러한 에이론의 경우와 같이 표면적으로는 지는 척하면서 실질적으로는 알라존을 거꾸러뜨리는 결과를 야기한다.

영국의 신비평가 리처즈(I.A. Richards)는 아리스토텔레스의 『시학』의 이론을 빌려 아이러니가 시의 핵심적 요소임을 강조한다. 『시학』의 제6장에서 아리스토텔레스는 비극이 공포와 연민을 통해 감정의 카타르시스를 행한다고 말하고 있다. 그런데 공포는 물러서려고 하는 감정이고 연민은 가까이 가려고 하는 감정으로서 서로 모순되는 관계이다. 그러므로 모순되는 감정의 종합에서 우러나는 비극의 효과, 즉 카타르시스는 그 자체가 이미 아이러니라는 것이 리처즈의 주장이다. 리처즈는 또 모순되는 이질적 요소를 내포하고 있는, 즉 아이러니를 가진 시가 훌륭한 시라 말한다.

정상현의 시는 대체로 전통적인 정서인 사랑과 그리움을 노래하고 있으므로 현대적인 기법인 아이러니에서 먼 것처럼 보이지만, 앞에서도 살펴보았듯이 그의 시의 상당수가 아이러니를 품고 있다. 그 아이러니는 두 가지 방향으로 나아간다. 하나는 자기 자신과 사랑하는 사람을 향해 가고, 다른 하나는 사회를 향한다. 『가슴속에 파묻힌 것들』을 포함한 제1부의 시들이 주로 전자에 속한다. 자기 자신을 겨냥하고 있는 시들은 대체로 극단적인 절망을 노래한다.

> 그날 이후로 난
> 집을 잃어버렸지
> 돌아갈 집이 없으니 마음은
> 늘 어딘가를 헤매었지
> 그날 이후로 난
> 생각이 말보다 더 많은 시간을 움직여, 나는 무척 피곤하곤 했지
> 그날 이후로 난

몸이 너무 편안한 날은 세상의 모든 것이 수상스러웠지

—「그날 이후로」 전문

정상현 시인은 1991년 불의의 사고를 당해 오랫동안 투병생활을 했고, 지금도 몸이 상당히 불편한 것으로 알고 있다. 이 시의 '그날'은 바로 불의의 사고를 당한 날을 가리키는지 모르겠다. 그날 이후로 화자는 '집'을 잃어버렸다고 말한다. 집이란 주택이나 가옥을 떠올릴 수 있겠지만, 시적으로 생각해보면 '육체' 또한 정신이 머무를 수 있는 '집'이다. 돌아갈 육체가 없으니 마음이 늘 어딘가를 헤매어야 했다는 점에서 육체는 정신의 집에 다름 아닌 것이다. 그러나 이 시를 전체적으로 살펴보면 '돌아갈 집'이란 그냥 '마음의 안식처' 또는 첫 번째 시에서 말한 '사랑'이라 해도 좋겠다. 마음의 안식처가 없으니 "생각이 말보다 더 많은 시간을 움직여" 늘 피곤하게 되고, 그래서 몸이 늘 아픈 것에 익숙해져 "몸이 편안한 날은 세상의 모든 것이 수상스러"워진 것이다. 마지막 부분이 바로 '아이러니'이다. 오랜만에 몸이 편안해졌다면 희망을 가져야 함에도 불구하고, 세상의 모든 것이 수상스러워진다는 것은 모순이다. 그러나 그 모순 덕분에 이 시가 의미를 획득한다. 몸이 일시적으로 편안해도 그것이 근본적인 문제 해결이 아니라는 것을 간접적으로 말하고 있기 때문이다.

『나의 유령에게』 같은 시는 아이러니를 통해 자신의 절망적인 상황을 더욱 가슴 아프게 토로하고 있다. 이 시는 "나는 믿는 것이 있다/사람들이 나를 아무리 우습게 봐도/내가 그대를 믿고, 그대가 나를 믿듯/언젠가 내·나의 바보 같은 날개를 활짝 펴고/날아오를 것을 나는 믿는다"라고 말한다. 날개를 활짝 펴고 날아오를 것을 믿는다는 대목에서는 화자가 삶에 대해 긍정적인 자세를 갖고 있는 것 같은데, 그 날개가 '바보 같은 날개'라는 것을 생각하면 의미는 오히려 뒤집어진다. 더욱이 제목이 '나의 유령에게'이다. 결국 '죽어서야' 날아오를 것을 믿는다는 것인데, 살아서는 어떤 희망도 없다는 아이러니컬한 표현이다. 따라서 이 시는 아이러니를 통해 자신의 절망적인 현실을 절묘하게 노래했다고 하겠다. 『미쳐버릴 것 같은』과 『벼랑 끝에 서서』에서도 비슷한 기법이 동원된다.

나는 어제 일을 생생히 기억한다
나는 군대적 내 군번을 아직도 기억하고 있다
나는 눈감고도 집으로 잘 찾아간다
정말 단 하루만 미쳐버렸으면 좋겠어
멀쩡한 정신으로 저 캄캄한 어둠 속을 걸어 어떻게 여기까지

—「미쳐버릴 것 같은」 전문

피지 못한 꽃들의 흔들림이 여기서 멈추었다
타오르는 가슴들의 열기가 불현듯

모든 것을 버리고 싶어지는 곳

그곳에서 나는 너에게 할말이 없구나

—「벼랑 끝에 서서」 전문

어제 일을 생생히 기억하고, 군번도 또렷이 기억하고, 눈감고도 집으로 잘 찾아갈 수 있다면 뭐가 문젠가? 그런데도 화자는 단 하루만이라도 미쳐버렸으면 좋겠다고 말한다. 여기에도 의도적인 모순이 있다. 그렇게 또렷한 정신을 갖고 있는데도, 오히려 멀쩡한 정신으로는 세상살이가 너무나 괴로워서 하루만이라도 미쳐버렸으면 좋겠다고 토로하고 있는 것이다.

벼랑 끝이란 '절망의 극한'을 의미하는 듯하다. 피지 못한 꽃들도 이제 개화를 포기한 상태인 듯, 그러나 어찌 할말이 없겠는가. 절망적인 상황 앞에서 말을 잃을 수밖에 없다고 얘기하고 있는데, 사실은 너무나 많은 말을 하고 싶다는 것을 역설적으로 강조하고 있다.

'나'와 '내 사랑'을 향한 아이러니는 마침내 『우리가 서로 지옥이 되어』에서 절정을 이룬다.

우리 사랑이 무르익어 서로의 가장 아프고

쓸쓸한 언덕에서 만나 서로를 괴롭히며

한평생 그리워하며 살다가 끝끝내 서로 지옥이 되어

꽃잎을 환하게 피우네

—「우리가 서로 지옥이 되어」 전문

우리 사랑이 무르익었는데, 왜 서로의 가장 아프고 쓸쓸한 언덕에서 만나 서로를 괴롭히는가? 우스운 대답인 듯이 보이지만, 사랑이 무르익었기 때문이다. 설익었다면 결코 가장 아프고 쓸쓸한 언덕에서 만날 필요가 없고, 서로를 괴롭힐 이유도 없다. 사랑하는 관계가 결국 서로 지옥이 된다는 것은 그리하여 참으로 아이러니컬한 일이다. 서로 지옥이 되어야만 꽃잎을 환하게 피울 수 있다는 것도 아이러니이다. 이처럼 '나'와 '나의 사랑' 사이에는 이런 모순된 관계의 다리가 놓여져 있다는 것에 대한 통찰이 정상현 시의 한 축을 이루고 있다.

2

2부의 시들은 세상에 대한 발언을 담고 있다. 배고픔을 견디지 못하는 사람들에게 참으라고 가르치는 세상을 야유하고 있고(「공복」), 여름철에 거침없이 쏟아지는 집중호우를 보고 우리들 가슴을 난타한다고 생각하며(「소나기」), 복날 보신탕감으로 팔려가기 위해 순화된 도사견 축사를 지나며 팔자에 순응하는 도사견들에게 돌을 던져 야유하기도 한다(「도사견 축사를 지나며」). 밤늦도록 일하는 풀빵 굽는 아줌마에게 따뜻한 시선을 보내기도 하고(「풀빵」), 밤늦게 불이 켜져 있는 고층아파트를 바라보며 그곳에서 살아가는 다양한 인간군상들을 생각하기도 한다(「길 건너 저 별빛」).

「아파트」는 한때 우리 모두의 꿈이던 아파트의 아이러니를 그리고 있다. "산을 허물고 들판을 가로질러/아파트가 가지 못하는 곳은 없다"라는 구절은 겉으로는 마치 아파트를 찬양하는 것처럼 보이지만, 그 이면에는 산을 허물고 들판을 가로지르는 아파트에 대한 풍자와 비판이 담겨 있다. 그러기에 "밤새 비바람 불고 눈보라 쳐도/늙은 경비원을 24시간 경계근무 세워두고/납골당처럼 불 밝힌 아파트"는 이제 결코 우리의 꿈일 수 없다. 이러한 풍자의 깊이는 다음 시에서도 나타나는 아이러니에서 온다.

> 배고픈 날 누룽지 한 조각 먹어보아라
> 밥 짓다 태웠다고 푸념할 일이 아님을
> 꼭꼭 오래 씹어 본 사람은 그 맛을 알리라
> 인생도 씹을수록 맛이 나는 누룽지처럼
> 더 타고 속이 타야 멋도 알고 맛도 알까?
>
> —「누룽지」 전문

이 시는 마치 배고픈 누룽지 한 조각 먹게 되면, 밥 짓다 실수한 것을 통탄하지 않아도 된다는, 그리하여 인생은 누룽지처럼 꼭꼭 오래 씹어보아야 한다고 훈계하는 듯하다. 그러나 "인생도 씹을수록 맛이 나는 누룽지처럼/더 타고 속이 타야 멋도 알고 맛도 알까?"라는 구절에 오면, 인생이란 참으로 속이 타고 괴로운 것일 수밖에 없다는 것을 깨닫게 된다. 겉으로 드러난 것과는 다르기도 하고 같기도 한 의미가 누룽지처럼 눌어붙어 있는 시, 우리는 그러한 시를 통해 현대시를 읽는 즐거움을 만끽하게 된다.

「피 2」의 화자는 아침 신문에서 누군가의 깨진 무르팍을 보고 있다. 사실은 누군가가 사고로 목숨을 잃었거나 큰 부상을 입었다는 기사를 보았을 것이다. 그런 기사를 보고 화자는 어린 시절 무수히 넘어져 부상당했던 일을 생각한다. 막내삼촌이 교통사고로 쓰러진 일, 친구가 후미진 골짝에서 피투성이가 되어 발견된 일, 아는 사람이 칼로 배를 그어 자살한 일도 떠올린다. 그리고는 아름답다고 알고 있는 것들이 불현듯 "제 찢긴 가슴팍을 열어 보일 때"가 있음에, 방금 인사를 나누고 헤어진·동료가 밤사이에 피범벅이 될지도 모른다는 사실에 경악한다. 그러면서도 화자는 자신이 "울음도 없이, 이처럼 태연하게/밥을 먹으며, 밥상머리에 앉아" 있다는 인생의 아이러니에 대해 얘기한다.

그렇다면 인생은 아무런 희망도 없는 것일까? 만약 희망 없는 세상만을 얘기했다면 정상현의 아이러니는 힘을 잃고 만다. 왜냐하면 아이러니의 힘은 '모순되는 이질적인 것의 결합'에 있고, 아울러 그러한 '현실의 이중성'에 있기 때문이다. 삶을 긍정하는 척하면서 부정했던 정상현은 반대로 삶에 대한 강한 긍정을 피력하기도 한다.

배추밭에 가서 보았다

배추들은 배추밭에 앉아
배춧잎이나 세고 있었던 것이 아니었다
짚세기에 묶여
옴짝달싹 못하고
백지처럼 가는 세월이나 바라보고 있었던 것이 아니었다

제 살 붙은 자리에서
한 주먹의 흙이라도 알뜰하게 움켜쥐고
배추들은 이 악물고 자라나고 있었다
밭머리를 치고 가는 바람에도
뺨따귀를 후리고 가는 빗줄기에도
배추들은 끄떡없이
저희끼리 알차게 자라나고 있었다

누가 와서 오물을 끼얹고
머리통을 차고 가도
아픈 몸은 아픈 몸으로 감싸고
시린 가슴은 쓰라린 가슴으로 보듬고
배추답게 속이 든든한 배추포기여

품에 안으면
문득 내 허름한 가슴까지
푸짐하게 채우는 배추포기여

배추밭에 가서 알았다
배추들은 다만 배추밭에 주저앉아
배추머리나 흔들고 있지 않았다
더운 숨결 토하며
청청하게 아우성치며
배추밭 가득
배추들이 연좌하고 있었다

—「배추밭에서」 전문

배추밭에서 화자는 배추들이 배춧잎이나 세고 있었던 것이 아니었다는 것을 깨닫는다. 이 말 속에는 화자가 배추밭의 배추들은 배춧잎이나 세고 있었던 것으로 생각했다는 것을 말해준다. 화자는 또 배추가, 가는 세월이나 바라보고 있었던 것도 아니라고 말한다. 배추는 "제 살 붙은 자리에서/한 주먹의 흙이라도 알뜰하게 움켜쥐고" 이 악물고 자라나고 있었던 것이다. "밭머리를 치고 가는 바람에도 뺨따귀를 후리고 가는 빗줄기에도/배추들은 끄떡없이/저희끼리 알차게 자라나고 있었"던 것이다. 여기서 정상현의 사상이 은연중 표출된다. 그는 바로 '공동체'의 정신을 동경하고 있는 것이다.

"누가 와서 오물을 끼얹고/머리통을 차고 가도/아픈 몸은 아픈 몸으로 감싸고/시린 가슴은 쓰라린 가슴으로 보듬"는 것 역시 공동체의 정신에 대한 표현이다. "더운 숨결 토하며/청청하게 아우성치며/배추밭 가득/배추들이 연좌하고 있었다"라는 표현은 마치 시위하는 민중의 모습을 연상케 한다.

그런데 정상현이 지향하는 공동체 정신은 '과거'에 있다. 물론 공동체 사회가 과거에 있었기 때문이기도 하지만, 그 스스로 행복했던 시절이 현재보다는 과거에 있었고, 또 미래에도 과거처럼 행복한 시절은 오지 않을 것 같은 예감 때문일 것이다. "늘 허름한 옷을 입고 서성이던 골목/구슬치기며 망까기, 자치기, 딱지치기/국민학교를 졸업하도록 해가 저물어 모두 집으로 돌아갈 때까지 뛰놀던 마당/날마다 만국기처럼 빨래가 펄럭이던 거기서 온종일 문이 열려 너나들이하던/우리들 마음은 된장찌개 하나 연탄 한 장이면 봄이 올 때까지 충분했다/그 따습던 아랫목에 마주 앉아 가난해서 더 어여쁜 얼굴/봄볕은 화사한데 갈 데 없어 서성이던 그림자들, 다시 돌아올 것만 같은"(「사라진 나라를 꿈꾸다」) '나라'는 바로 어린 시절에 경험했던 세상이다. 그런데 여기서도 아이러니는 살아 있다. 된장찌개 하나 연탄 한 장이면 봄이 올 때까지 충분했다는 것은 그만큼 그 시절에 가난했다는 것을 말해주고 있기 때문이다. 가난했지만 행복했다는 것, 그것이 정상현이 그 시절을 그리워하는 이유이다.

3

정상현은 괴롭게 투병하던 시절을 지나 즐거운 투병기를 맞이했다. 그것은 어쩌면 '사라진 나라'를 꿈꾼 결과이기도 하고, 배추들의 연좌시위를 구경한 덕분이기도 하다. 이제 시인은 "오늘도 내 병상에는 고독한 나 자신과 낡고 단단한 내 지팡이 외에는 아무도 없네/날 반겨 찾는 이 하나 없어도 나는 이제 외롭지 않지/오래 견딘 부상당한 육체의 아픔이 비로소 아주 익숙하게/언젠가는 느린 걸음으로 먼 길을 갈 거야"(「즐거운 투병기」)라고 말할 정도로 자신감이 생겼다. 이러한 시들을 시인은 시집의 제3부에 배치해두었다. 제1부가 자신의 아픔과 절망을 얘기했다면, 제2부는 나뿐만 아니라 타인의 아픔까지 얘기했고, 그 결과 제3부는 자신의 아픔과 절망에 대한 극복 가능성을 노래하고 있다.

이제 그는 "살아갈수록 밤길이 더 무서운 것은 왜일까?/정신이 또렷한 날이면 더 잘 보이지/무엇 하나 버릴 게 없네/저기 그가 아직도 있는 것 같아/돌아보면 자꾸 그립구나/돌아보면 무엇 하나 버릴 것이 없는 세상/그런 곳에서 오늘 우리가 서로 만나서 오래도록/식은 밥을 먹으며 배가 고픈 세월 지내던 기억이 있지/그 허기 속에서는 모든 것이 자주 생생하네"(「젓가락 하나에도 귀신이」)라고 얘기할 수 있으며, "네가 나를 안타까워하고 측은해하는/그 마음을 나는 알지/그러나 서로를 바라볼 뿐/서로 어찌할 길 없는 마음도/서로는 알고 있지"(「우리들의 슬픈 사랑노래」)라고 노래할 수 있다.

> 하루도 잠들지 못하는 바다
> 바다는 날아오르고 싶다
> 망망대해 위로 물새들 날아가네
> 끝 모를 바다 한 귀퉁이 섬 하나 떠 있네
> 그 섬에 물새들 철마다 와서 머물다 가네
> 그때부터 섬은 바다의 중심으로 태어난다
> 오래 참고 기다린 아침
> 잔잔하지만 폭풍같이 파도치는 바다는
> 문득, 문득, 날아오르고 싶다
>
> —「바다는 날아오르고 싶다」 전문

그러나 정상현의 시는 여전히 아이러니의 시학 속에서 빛을 발한다. 이 시의 각 행은 잘 연결되지 않은 것 같으면서, 즉 모순된 것 같으면서도 복합적으로 연계된다. 화자는 바다가 늘 파도를 치고 있기 때문에 하루도 잠들지 못한다고 생각한다. 그런데 다음 행을 읽어보면, 바다는 날아오르고 싶기 때문에 하루도 잠들지 못한다는 것을 짐작할 수 있다. 보통은 "바다는 날아오르고 싶어/하루도 잠들지 못한다"라고 표현할 것을 뒤집어놓으니 인과관계가 애매해진다. 그리고는 또 망망대해 위로 물새들 날아간다고 말한다. 여기서 독자는 바다가 날아오르고 싶은 이유는 물새들이 날아오르는 것을 동경하기 때문인가? 하고 의문을 품어본다. 역시 인과관계가 분명치 않다. 끝 모를 바다 한 귀퉁이에는 섬 하나가 떠 있다. 독자들은 또 그 섬으로 물새들이 날아가리라는 것을 짐작한다. 화자는 물새들이 철마다 와서 머물다 가면 섬은 바다의 중심으로 태어난다고 말한다. 왜? 여기서도 독자는 짐작할 수밖에 없다, 바다는 물새를 사랑(동경)하기 때문이라고. 그러나 마지막 부분은 이러한 독자의 독해를 무시해버린다. "오래 참고 기다린 아침/잔잔하지만 폭풍같이 파도치는 바다는/문득, 문득, 날아오르고 싶다"라는 구절을 보면, 아무래도 바다가 물새를 사랑하여 날아오르는 것 같지는 않다.

여기서 우리는 독법을 달리해볼 필요가 있다. 하루도 잠들지 못하는 바다는 곧 시인이자 화자 자신이다. 시인은 하루도 잠들지 못하고 있고, 또 날아오르고 싶다. 마음속에서 물새들이 날아오른다. 그리고는 마음 한 귀퉁이(섬)에 내려앉는다. 마음의 물새 떼가 내려앉는 곳이 곧 마음의 중심이 된다. 그것이 잠들지 못하고 오래 기다린 아침의 환상이다. 그 아침에, 잔잔하지만 폭풍 같은 마음의 시인은 문득, 문득 날아오르고 싶어진다.

"날자. 날자. 날자. 한번만 더 날자꾸나./한번만 더 날아보자꾸나." 이상의 소설 『날개』는 이렇게 끝난다. 왜 시인들은 날아오르고(또는 세상을 뜨고) 싶어할까? 황지우의 시 「새들도 세상을 뜨는구나」는 새들도 이 고달픈 현실세계를 뜨는데, 왜 우리는 현실에 주저앉아야 하느냐는 탄식을 아이러니컬하게 담았다. 이 작품들은 부조리에 가득 찬 현실세계를 떠나 자신의 이상을 마음껏 펼쳐나갈 유토피아에 대한 열망을 품고 있다.

정상현의 시는 어떤가? 그는 현실을 부정하고 있는 듯하면서 사실은 생에 대한 상당한 열정을 간직하고 있다. 그 열정은 여러 편의 시에서 나타나는바, 이를테면 공동체를 찬양하는 시들이 그렇다. 그 시들을 보면 대체로 과거에 자신이 행복하게 살았던 공간이 이상향으로 설정된 것을 볼 수 있는데, 그렇다고 해서 그 공간이 절대적인 풍요를 가져다준 것은 아니었다. 그러나 '사라진' 그 나라에서 시인은 행복했었고, 그곳을 향해 날아오르고 싶어지는 것은 당연할 것이다.

시인은 시집의 첫 시(「가슴속에 파묻힌 것들」)에서 가슴속에 파묻지 못할 정도로 아픈 '사랑'을 얘기했다. 그 사랑이 어쩌면 시인이 끊임없이 날고 싶게 하는 근본 원인일지도 모르겠다. 그 근본 원인이 또한 시의 바탕이 되었다는 것은 쉽게 짐작할 수 있다. 그러나 마지막 시는 또 다른 느낌으로 다가온다.

> · 아무것도 아닌 일로 자꾸 불안해지고 우울해지곤 한다
> 아무것도 아닌 일로 바람이 불고 꽃잎이 떨어지듯
> 자주 몸이 아프고 피로해지면서
> 사는 일이 아무것도 아닌 일로 지루해진다
> 정말 아무것도 아닌 일로 인생이 때로 너무 쓸쓸해진다
> 가끔은 아무것도 아닌 일로 풍선처럼 떠오르고 싶다
>
> —「아무것도 아닌 일로」 전문

아무것도 아닌 일이 야기하는 결과는 모두 부정적이다. 불안해지고 우울해지고 아프고 피로해지고 지루해지고 쓸쓸해진다. 그러나 마지막 행의 반전이 이 시를 상쾌하게 만든다. "가끔은 아무것도 아닌 일로 풍선처럼 떠오르고 싶다"라는 구절은 이제는 가슴속에 묻지도 못할 정도로 아픈 사랑에 집착하지 않고, 아무것도 아닌 일로도 즐거워하겠다는 의지의 표명이 아닐까? 그 의지 속에 그가 꿈꾸는 '사라진 나라'가 있다면, 그 나라를 향해 우리들도 풍선처럼 떠오르고 싶다.

■ 발문

정상현의 정신은 광명의 세계에 있을 것이니

이승하
(시인, 중앙대 교수)

생각해보니 중앙대 문예창작학과 84학번 후배인 정상현을 생각하며 쓴 글이 3편이나 된다. 하나는 월간 《좋은 생각》에 발표한 짧은 글이요, 하나는 어느 문예지상에 발표했던 시 한 편이요, 또 하나는 그의 첫 시집 『마음의 지옥에서 피우는 꽃』 권말에 붙인 추천의 글이다.

짧은 글과 그 시를 이 자리에 올리는 것으로 발문 쓰기를 대신할까 한다.

정상현은 내 후배다. 그는 1999년, 친구와 우산 하나를 쓰고 빗길 횡단보도를 건너다 교통사고를 당해 식물인간이 되었다. 몇 번의 수술 뒤 기적적으로 의식이 회복되긴

했지만 중풍환자처럼 반신불수가 된 데다 시력까지 잃고 말았다. 뇌의 어느 부분에 손상이 와 텔레비전 코미디 프로를 봐도 웃지 않았고, 친구들이 찾아와 농담을 해도 웃지 않게 되었다.

교통사고가 나기 전 상현이는 출판사에 다니면서 시를 습작하고 있었다. 그래서인지 시력도 잃고 사고 기능도 예전 같지 않지만 시인이 되려는 꿈은 더욱 강렬하게 타올랐다. 자판을 누르면 음성을 들려주는 맹인용 컴퓨터를 마련한 뒤부터 그의 습작시는 눈이 멀기 전보다 훨씬 많아졌다. 그는 두툼한 시 원고를 몇 번이나 내게 보여주었고, 때로는 두세 편의 시를, 때로는 네댓 편의 시를 보내주었다. 게다가 일주일이 멀다하고 나한테 전화를 해온다. 전화로 지난번에 보낸 시의 문제점을 말해 달라고 하고, 어떤 문예지에 투고하면 되겠느냐고 하고, 근황을 들려주기도 하고……. 행과 연 구분과 띄어쓰기, 맞춤법이 엉망인 그의 원고를 정서해 대신 투고해준 것만 해도 대여섯 번, 하지만 상현이는 아직 시인 지망생이다.

하루는 보여줄 게 있다고 초대를 하기에 장시간 지하철을 타고서 그의 집으로 놀러갔다. 어머니가 저녁식사 준비를 하는 동안 그는 나를 집 바깥 공터로 데려갔다. 지팡이를 짚고 앞장선 그의 걸음걸이는 부축해주고 싶을 정도로 위태로워 보였다. 공터에 다다른 그는 지팡이를 내던지며 소리쳤다.

"승하 형, 죽어라 연습했더니 이제 지팡이 없이 걸을 수 있게 되었어요."

상현이는 공터 끝까지 한 걸음 한 걸음을 조심스럽게, 혼신의 힘으로 내딛는 것이었다. 비틀비틀, 금방이라도 쓰러질 듯이. 8년 만에 지팡이 없이 내딛는 발걸음이었다.

—「상현이에게 박수를」(《좋은 생각》, 1999. 12)

이 글은 손질을 하여 첫 시집 추천의 글이 되었다. 아래의 시는 상현이가 의식을 회복하지 못해 모든 식구와 친구들이 애간장을 태울 때 쓴 것이다. 병상에 누워 있다는데 뭐 사 들고 찾아가 문병할 수도 없는 안타까운 마음에서, 또한 회복을 간절히 기원하면서 시를 썼다.

식물인간의 꿈

— 정상현의 혼을 위하여

모든 다가오는 시간은 낯선 시간이겠지만
상현아, 너의 밤은 낮과 같고
너의 아침은 초저녁과 같겠지
백설공주인 양 깊이 잠들어
네가 꾸는 꿈의 빛깔은
흑백일까 총천연색일까

고무 튜브로 받아들이는 음식물이나
식구들이 받아내는 똥오줌이나
화학 성분이야 뭐 크게 다를 바 없겠지
초점 잃은 시선으로 바라보면
세상은 위도 아래도 없고
좌도 우도 없을 터이니
네 눈앞의 세상은
지상 천국일까 생지옥일까

저 하늘 밖으로는
또 다른 하늘이 어두워지고
태양계는, 은하계는, 이 우주는
지금도 팽창하고 있다는데
상현아, 임마,
한번 웃어봐라 일어나 읽어봐라
신문은 쌀 개방이니 차기 대권이니
1361억 원 추징이니 난리란다*

시인이 되겠다는 꿈 영글기도 전에
너는 그렇게 깊이깊이 잠들고
세상은 너를 안락하게 죽게
내버려두지도 않는구나
모든 죽어가는 생명 감싸안으리라

더욱 힘껏 감싸안으리라고
하루에도 몇 번씩 다짐하건만
나는 또 칼을 쥐고 부들부들 떨고 있는데.

* 1991년 11월 1일, 국세청은 정주영 현대그룹 명예회장 일가에 대한 주식 이동을 조사한 결과, 1361억 원의 세금을 부과하기로 결정했음을 발표하였다.

정상현은 불굴의 의지로 일어섰다. 2000년에 시집 『마음의 지옥에서 피우는 꽃』(도서출판 함께)을 낸 것이다. 300편이 넘는 시 가운데 94편이 가려져 한 권의 시집이 되었다. 이번 시집 『사라진 나라를 꿈꾸다』도 눈물겨운 자기 극복의 산물임을 잘 알고 있다. 아직 시력이 돌아오지 않았으니 상현이의 몸은 암흑의 세계에 있는지도 모른다. 그러나 그의 정신은 광명의 세계에 있을 것이다. 늘 시상을 떠올리고 컴퓨터 앞에 앉아 시를 쓰고 있으니 말이다. 지난번 시집의 시들보다 한결 좋아졌다는 말을 덧붙이면서 발문의 글을 마무리한다.

사라진 나라를 꿈꾸다

글쓴이 / 정상현
펴낸이 / 孫貞順
펴낸곳 / 모아드림

1판1쇄 / 2003년 9월 8일
서울 서대문구 북아현3동 180-22
전화 / 365-8111~2
팩시밀리 / 365-8110
E-mail / morebook@korea.com
morebook@morebook.co.kr
http://www.morebook.co.kr
등록번호 / 제2-2264호(1996.10.24)

ISBN 89-5664-031-9

* 이 책은 2003년도 중앙대학교 문예창작학과 선도특성화사업의 후원으로 발간되었습니다.

값 5,500원